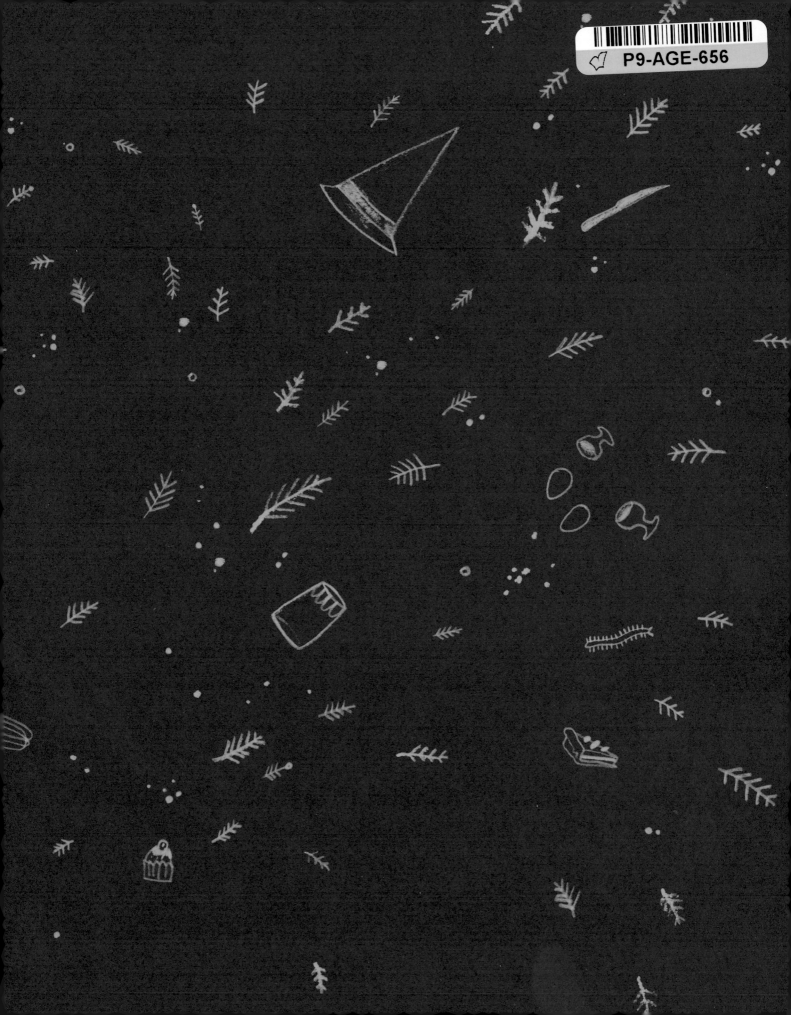

nubeclásicos

Cómo cocinar princesas
Colección Nubeclásicos

© del texto: Ana Martínez Castillo, 2017
© de las ilustraciones: Laura Liz, 2017
© de la edición: NubeOcho, 2017
www.nubeocho.com — info@nubeocho.com
brujacurujacocinera@gmail.com

Correctora: Daniela Morra

Primera edición: 2017
ISBN: 978-84-946926-3-5
Depósito Legal: M-20325-2017

Impreso en China a través de KS Printing,
respetando las normas internacionales del trabajo.

CÓMO COCINAR PRINCESAS

Ana Martínez Castillo   Laura Liz

nubeOCHO

La bruja vive en una pequeña casa en el bosque. La casa está hecha de chocolate, galletas y panecillos rellenos de crema. El tejado es de terrones de azúcar. Los marcos de las puertas, las ventanas y los escalones de la entrada son bastones de caramelo.

Nadie sabe muy bien cuál es su nombre. Hay quien la llama Curuja, Sapiruja o Bruja Malvada. La mayoría de la gente evita nombrarla porque vive en la parte oscura del bosque, donde el frío es más frío, la noche más noche y los niños están más solos y perdidos.

En los palacios y jardines de la corte, donde el sol brilla
con fuerza y las princesas recogen membrillos, las madrinas
cuentan historias sobre príncipes desaparecidos, niños
pequeños que no regresan y grandes calderos humeantes.

Alejada de los palacios y de las fiestas reales, la bruja Curuja
es famosa por sus deliciosas recetas de cocina.

Hay muchas brujas malvadas (cada reino lejano tiene la suya), y todas
envidian su toque para la cocina. Las madrastras y hermanastras que
quieren deshacerse de princesitas molestas se preguntan cuál puede ser
el secreto de su éxito.

La bruja Curuja a menudo contesta: «Un poquito de sal, una pizca de
mandrágora y mucho, mucho cariño».

A la bruja Curuja le gusta el trabajo bien hecho.

Consejos prácticos para
el arte de
Cocinar Princesas

Ru   Ja

UTENSILIOS DE COCINA

(PORQUE NO SE PUEDE COCINAR DE CUALQUIER MANERA)

CALDERO: A pesar de que las princesas suelen ser menudas, delgadas y de poco peso, es necesario un caldero grande, profundo y que no se pegue. Dejaremos que la princesa nade, bucee y se tire al estilo bomba desde el borde del caldero. Sólo así soltará todo su sabor.

CUCHARÓN: Tan importante como el caldero es un buen cucharón. Tiene que ser de hueso o de madera de saúco y, si puede ser, tallado a mano en la noche de Halloween. Esto no es obligatorio, pero no podemos negar que da al cucharón un toque muy moderno.

HORNO: ¡Siempre encendido! Nos permitirá hacer ricos asados. Un consejo para las principiantes: no meter la cabeza dentro por mucho que insista la princesa que vamos a cocinar. Se ha comprobado que el 98% de las veces es una trampa.

JAULA: De tamaño considerable, nos va a servir para que la princesa no escape. Se aconseja encerrarla con doce candados y dos vueltas de llave. Las princesas son escurridizas y tratarán de huir en muchas ocasiones. ¡Cuidado! Algunas son tan delgadas que caben entre los barrotes. Por eso, es importante darles de comer cada media hora. Para que engorden, se pongan redondas y enriquezcan nuestros guisos.

CÓMO ATRAPAR PRINCESAS

MANZANAS ENVENENADAS: Son el elemento estrella de toda cocinera. Se pusieron de moda hace mucho tiempo y desde entonces no pueden faltar en ningún cajón. También sirven las peras y las uvas. Como las princesas son golosas por naturaleza, morderán el fruto y caerán en un profundo sueño. En ese momento aprovecharemos para llevarla a casa y preparar apetitosos platos.

SAPO ENCANTADO: Es uno de los trucos más antiguos. Se trata de hacer creer a la princesa que el sapo es en realidad un príncipe transformado por un hechizo. La princesa le dará un beso para intentar devolverle su forma de príncipe azul. Sin embargo, el sapo seguirá siendo sapo y la princesita se desmayará por el asco de haberle dado un beso a una rana.

AGUJAS MALDITAS: Como todos sabemos, a las princesas les encanta coser. Podemos verlas bordando manteles, pañuelos y sábanas para su noche de boda. El truco consiste en hacer que la princesa se pinche con la aguja, que habremos hechizado y ocultado para que la encuentre por sorpresa. Es importante, antes que nada, esconderle todos los dedales.

FLAUTA DE HAMELIN: Puede resultarnos muy útil si la princesa
se resiste a ser engañada con manzanas, agujas o sapos. Cuando la
princesa se encuentre aburrida en su torre, tocaremos una melodía
sencilla. La muchacha correrá a calzarse sus zapatos de cristal y
saldrá bailando y cantando sin sospechar nada. Estas flautas pueden
encontrarse en cualquier tienda de instrumentos musicales mágicos y
suelen ser buenas, bonitas y baratas.

¡MANOS A LA OBRA!
(SE ACERCA LA HORA DE COMER Y TODOS TENEMOS HAMBRE)

HAMBURGUESA DE CENICIENTA

Una receta para esas noches en que estás agotada de hacer hechizos y no quieres complicarte la vida.

Todas las brujas sabemos que el secreto para cocinar una buena hamburguesa está en el pan. Siempre que sea posible, utiliza un panecillo con un poco de moho y con hongos de duende. Lejos de combinar mal, la seta de gnomo y el moho refuerzan el sabor de Cenicienta una vez que la pongamos entre el queso y la lechuga (o entre la mandrágora y los ojos de tritón, si la ocasión es especial).

No olvides lavarla bien. Cenicienta ha vivido desde niña entre fogones, hollín de chimeneas y polvo de alfombras. Dejar en remojo durante hora y media hasta que se limpie toda la ceniza. ¡No olvides quitarle los zapatos de cristal o podrías romperte un diente!

GUARNICIÓN: pueden cocerse calabazas, rabos de ratón y un puñado de uñas de pies de hermanastras.

RECUERDA: ¡CONSUMIR ANTES DE LA MEDIA NOCHE!

TORTILLA DE BELLA DURMIENTE

Como lo sencillo nunca pierde su encanto, la tortilla de Bella Durmiente nos sacará de más de un apuro.

Encontraremos a la Bella Durmiente en su estado natural: profundamente dormida. Si se encuentra tan solo adormecida, soñolienta o a punto de dormirse, no sirve. Se cuentan historias de brujas que se han intoxicado por comer una Bella Que Se Hacía La Dormida. Por eso conviene desechar imitaciones. Y si somos capaces de encontrarla roncando, mucho mejor.

Antes de cocinarla, habrá que quitarle las lagañas una a una. Se recomienda guardarlas en almíbar para hacer hechizos en la noche de Walpurgis. Las lagañas de princesa son muy apreciadas en los círculos brujeriles. Mezcladas con saliva de rana tienen el poder de hacer estornudar a los fantasmas.

Tras quitarle las lagañas, ya estamos listos para cocinar a la princesa e ir batiendo tres o cuatro huevos. Se recomienda utilizar huevos de dragón. Es muy importante no despertarla. Se levanta con un humor de perros y podría morder.

HOJALDRE DE RICITOS DE ORO

Ricitos de Oro no es de la nobleza, pero actúa como si lo fuera.
Es caprichosa, consentida y cursi. Su deporte favorito es entrar
a fisgar en casas ajenas y quejarse por todo. Por eso, habrá que
manejarla con cuidado.

Puede llegar a ser muy irritante, dentro y fuera de la cocina.

Se aconseja quitarle los rizos. Pueden usarse para enriquecer sopas
y consomés, ya que tienen cierto sabor a gallina. Una vez calva, la
envolveremos en hojaldre y le añadiremos pimienta, champiñones
y finas laminillas de oso fresco. Cuando la masa de hojaldre crezca y
la niña deje de protestar, ya estará lista para comer.

ENSALADA DE RAPUNZEL

Lo que la historia no cuenta es que Rapunzel nació con cara de rábano. Por eso sus padres tuvieron que encerrarla en una torre. De manera que, en realidad, podemos considerar a Rapunzel como una verdura.

Este sencillo plato hará las delicias de los vegetarianos, amigos de lo verde y brujas sanas en general. Si tenemos un poco de suerte, podremos añadir a la ensalada a su hermana pequeña Carlota (cuya existencia fue silenciada por los cuentacuentos hasta el día de hoy). Carlota nació con cara de zanahoria. Sus padres la encerraron en una torre contigua para que no se pelearan.

Pondremos en remojo a Rapunzel. Según se cuenta, la niña dejó crecer su cabello con la esperanza de que algún príncipe escalara por su trenza y la sacara de la torre. Por ello debemos mirarla bien, por si tuviera piojos. No es la primera princesita con piojos que aparece. Se ha documentado que también los tenían la Reina de las Nieves y una de las hermanastras de Cenicienta. Si vemos que se rasca la cabeza, hay que desconfiar al instante.

A Rapunzel podemos comérnosla con la piel, ya que es rica en fibra. Para terminar de hacer la ensalada, solo hay que acompañarla de lechuga, maíz, aceitunas, queso fresco y regarla con un buen chorrito de aceite de oliva.

COCIDO DE BLANCANIEVES

Este es un plato tradicional, perfecto para los largos días de invierno. Será necesario conseguir una Blancanieves rechoncha, de cara redonda, sonrosada y con brazos rollizos. Si la que encontramos es flaca, habrá que alimentarla con galletas de jengibre durante varios días para que engorde. Sin embargo, lo normal es que encontremos a una princesa hermosota, ya que se ha criado con enanos.

Los enanos, grandes amantes de los dulces y de las comidas pesadas, suelen sobrealimentar a sus invitados. Existe alguna Blancanieves que engordó quince kilos tras su paso por una cabaña de enanos.

NOTA: LA COMUNIDAD DE BRUJAS MALVADAS ESTÁ MUY AGRADECIDA A LOS ENANOS POR SU BUEN HACER EN LA CRIANZA DE PRINCESAS.

Pondremos caldo a hervir y añadiremos a Blancanieves. Cuando se vea que la princesa ha soltado toda la grasa, se añade un buen puñado de habichuelas mágicas. Las habichuelas son un alimento muy rico, pero peligroso. No deben entrar en contacto con la tierra o podrían crecer hasta el cielo, donde vive un gigante con muy malas pulgas.

Por otro lado, provocan unos gases mágicos terribles. El olor de los gases mágicos es, a su vez, mágico. Por eso, no te preocupes mucho por el gigante: huirá aterrado si se te escapa por accidente alguno de esos gases.

CAPERUCITA DE BOSQUE Y SOPA DE ABUELITA

Esta receta ha sido cedida para este libro por el maestro de cocina el señor Lobo Feroz, cuyo lema siempre ha sido «¡Para comerte mejor!».

Las Caperucitas Rojas son una excelente carne de caza. Podemos encontrarlas con facilidad en los bosques en estado salvaje. Cuando comienza la primavera, suelen rondar los senderos vestidas con sus caperuzas rojas, llevando cestos llenos de meriendas y dando saltitos al son de una canción silbada. Son difíciles de cazar, ya que por naturaleza son escurridizas.

Cocinaremos la Caperucita de bosque a la manera tradicional,
con mucho ajo, perejil, sal y pimienta. Una vez que se ha tostado
un poco, añadimos cerveza de duende y calentamos durante una
media hora. Como el sabor de Caperucita es fuerte, podemos
acompañarla con un buen vino de Nunca Jamás.

Para preparar la sopa de abuelita, tendremos que poner agua a hervir. Las abuelitas dan sabor a jamón a todos los caldos, sobre todo si se cocinan con la bata de andar por casa puesta. Los rulos y el camisón dan un sabor especiado y picante a la sopa, por lo que pueden dejarse o quitarse, según gustos. Debemos sumergir a la abuelita en el caldo durante media hora. A continuación, añadir los fideos y un chorrito de limón y ya estará lista para servir.

BIZCOCHO DE HANSEL CON CREMA DE GRETEL

Si hay algo que enloquece el paladar de una bruja, es el delicado sabor de los hermanos perdidos. Sobre todo si antes se han atiborrado a golosinas.

Son ideales para preparar postres. Se pueden hacer helados, natillas, tiramisús o pasteles.

Se suele cometer el error de cocinarlos tal y como se encuentran y no, amigas, nunca hay que ir con prisas en la cocina. Mi primer consejo es no ser impacientes ni tacañas. Nunca debería importarnos gastar dinero en golosinas para engordar a los niños. Si no tienes una cabaña hecha de chocolate y terrones de azúcar, se aconseja tener una despensa llena de galletas, bastones de caramelo y tabletas de chocolate.

Para preparar el bizcocho de Hansel debemos cubrir al niño con mantequilla y un poquito de harina. Tras haber batido unos huevos de dragón, los mezclamos con azúcar y añadimos canela y ralladura de naranja.

Mientras el bizcocho de Hansel se termina de cocer en el horno, prepararemos la crema de Gretel. Como las niñas golosas son dulces en sí mismas, no necesitaremos añadir demasiado azúcar. Batiremos a la Gretel con dos yemas de huevo y leche. Es posible que la niña se queje, se agarre al cucharón o se niegue a entrar en la cacerola. Si eso pasa, lo mejor es hacerle cosquillas con una pluma de oca para que pierda las fuerzas. Este truco nunca falla.

OTRAS DELICIAS PARA LA MESA
(PORQUE HAY QUE COMER DE TODO)

HADAS MADRINAS: Se consideran un auténtico manjar. Son difíciles de encontrar, aunque suelen frecuentar bautizos y bodas de la corte. Los mejores ejemplares son aquellos que tienen alas de mosca, varitas mágicas y conceden deseos. Es fácil capturarlas: solo se necesita una tira pegajosa untada con miel. Si el hada madrina se ve atrapada y pegada, intentará chantajearnos ofreciéndonos un deseo. No tenemos más que desear: «¡Que pueda comerte!».

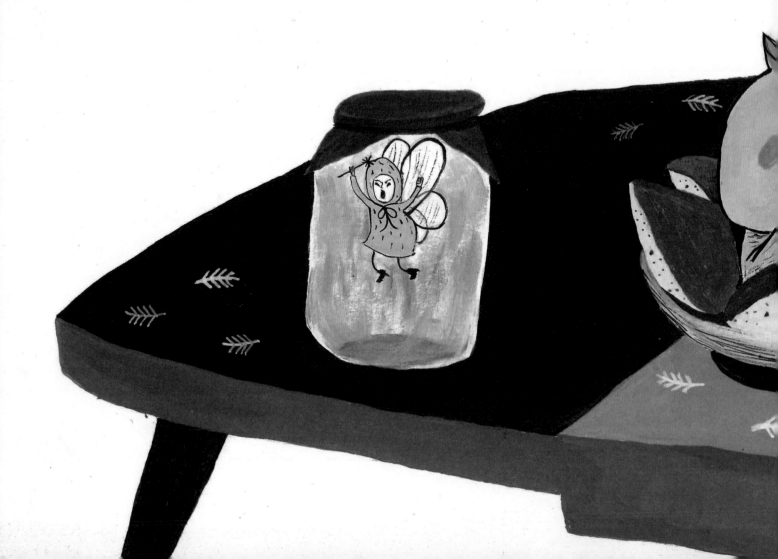

CERDITOS: Mucho mejor si van de tres en tres. Como sabemos, del cerdo se aprovecha todo, ¡incluso sus casas! Los cerdos suelen ser animales constructores, aficionados a la arquitectura y a la decoración. Una vez que hemos disfrutado de un buen asado de cerdito, podemos plantearnos la posibilidad de mudarnos a sus casas, construidas con una gran variedad de ambientes: paja, madera o ladrillo. Depende de los gustos de cada una.

GATO CON BOTAS: Esta es una de las carnes más tiernas y jugosas de todo el mundo animal. Pueden prepararse diferentes tipos de estofados, asados y sopas. Tan solo presenta un inconveniente: hay que lavar al gato muy bien, debido a que el sudor de pezuñas en las botas crea unas pelotitas negras entre los dedos del animal que pueden estropear el guiso. Asegúrate de que el Gato con Botas que captures es auténtico y, por tanto, de primera calidad. Como se suele decir, «que no te den liebre por gato».

PRÍNCIPE AZUL: Se trata de un alimento exquisito, tanto o más que el caviar o los ojos de tritón. Es la cena perfecta para fechas señaladas como Navidad, Halloween o el Día del Orgullo de la Bruja Malvada. Podemos cocinarlo en su variedad humana o en su forma de sapo encantado sin desencantar. Si la celebración es muy especial, puede desencantarse a medias y presentar a los invitados a un apuesto príncipe con ancas de rana.

La bruja Curuja cierra su libro de recetas y posa satisfecha ante las cámaras.

Está muy orgullosa por el trabajo bien hecho y por el reconocimiento a toda una vida entre fogones.

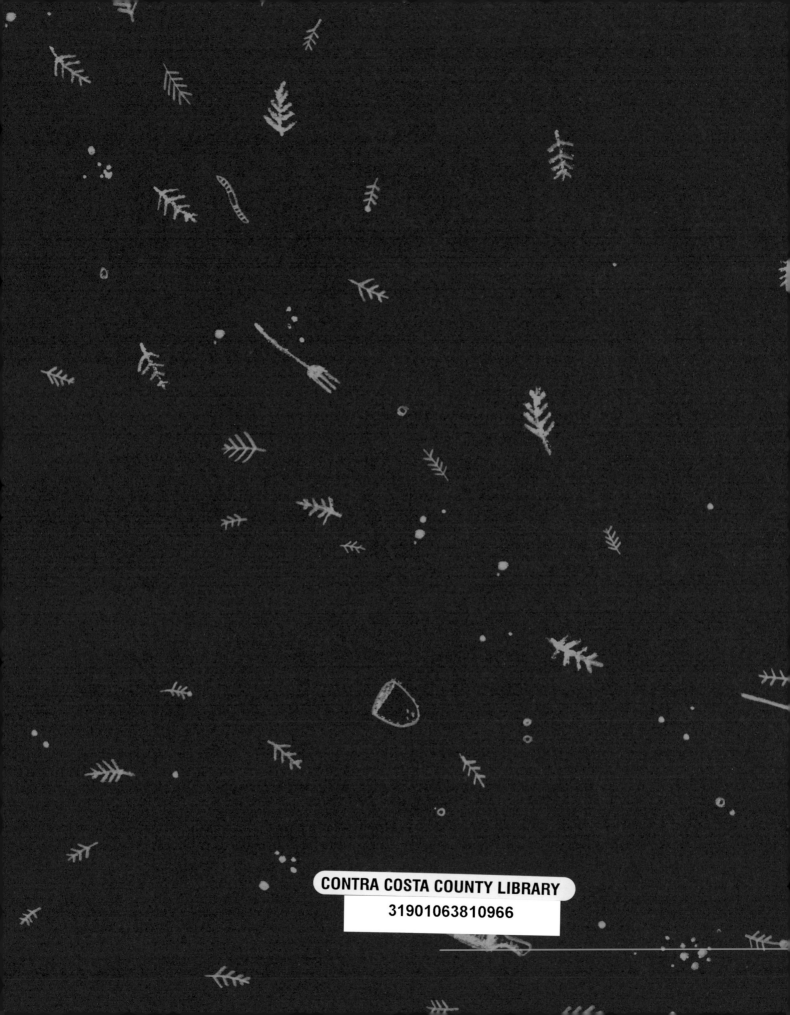